상처투성이 길냥이의
감동 포토 에세이

고마워 포

오타 야스스케

있잖아, 포.

이 세상에 우연은 없대.

처음에 너를 보고
신경 쓰여서 견딜 수 없었던 것도,
우리 집 마당에서 지내기 시작한 그 무더운 여름날도,
한 지붕 아래서 산 것도,
처음으로 마음이 통했던 기쁨도, 함께 잠들었던 밤도…….

다 운명으로 정해져 있었다면
신에게 몇 번이라도 감사하다는 말을 하고 싶어.
너와 함께할 수 있던 소중한 시간을 선물 받았으니까.

이 책에 등장하는 고양이

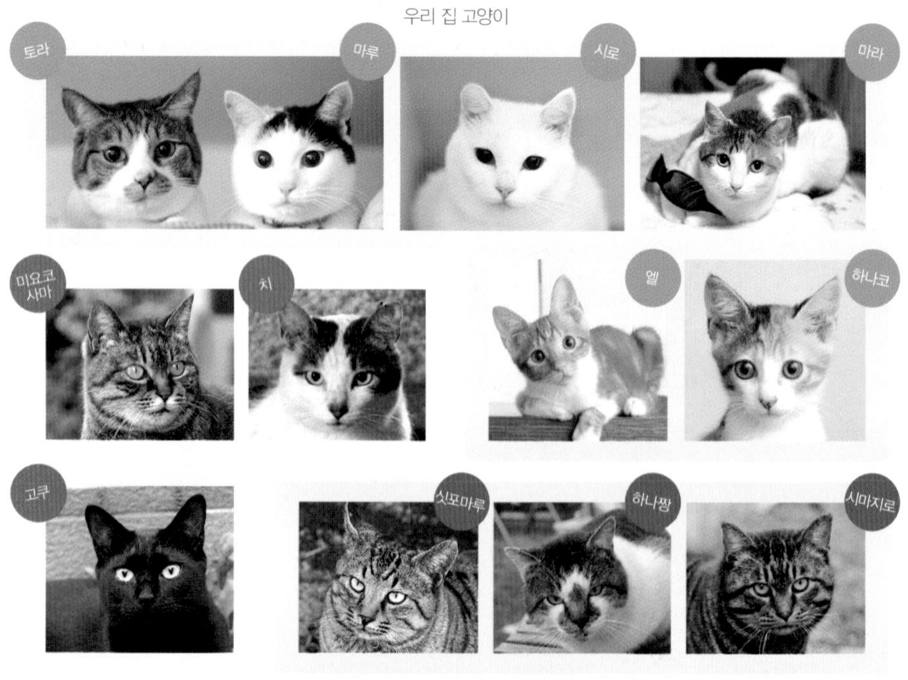

포의 친구들

포를 괴롭히는 고양이

CONTENTS

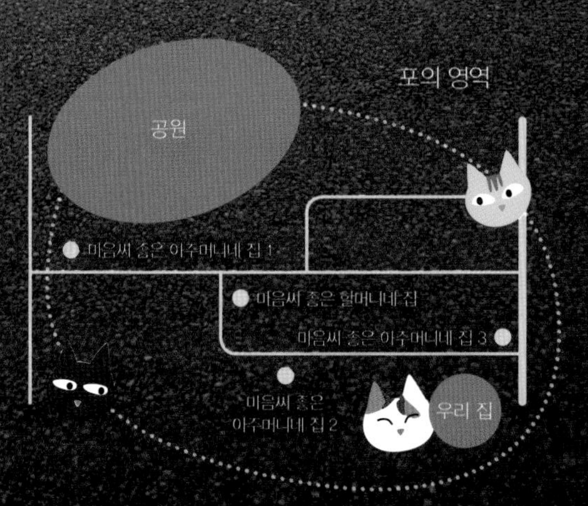

포의 영역
공원
마음씨 좋은 아주머니네 집 1
마음씨 좋은 할머니네 집
마음씨 좋은 아주머니네 집 3
마음씨 좋은
아주머니네 집 2
우리 집

Scene 1 못생기고 굼뜬 길 고양이 포

"요즘 공원에 못 보던 고양이가 나타난 거 알아?"

길 고양이인 너를 처음 만난 건 근처 공원에서였어.
널 챙겨 주던 사람에게 밥을 얻어먹지 못하게 된 걸까?

넌 못생긴 얼굴에 험악한 표정으로 누군가 밥을 주기를 그저 기다리고 있었어.
언제 밥을 먹을 수 있을지도 모르면서 말이야.

모두들 그런 네 모습을 보면서 너를 가엾게 여겼단다.

포, 너를 잡고 말겠어!

어느 날, 우리 집 근처 공원에서 하얀 고양이를 만났다. 꼬리 무늬가 인상적이어서 싯포(꼬리)에서 이름을 따 '포'라고 불렀다.

왠지 길 고양이가 숨어 있을 법한 공원입니다.

자~, 잔뜩 긴장한 녀석을 살살 구슬려 볼까?

갑작스럽지만 나는 첫 번째 'TNR' 활동으로 녀석을 노리고 있었다.

이는 길 고양이의 살처분이나 사고사 등을 줄이기 위해서 꼭 필요한 조치다. 이제 널 데려가서 중성화 수술을 시켜 줄게. 용서해 줘.

TNR 이란……

'Trap Neuter Return'의 약자로 길 고양이를 포획해 중성화 수술을 받게 한 뒤 원래 살던 장소에 되돌려 놓는 것이다. 무분별한 번식을 방지해 무고한 생명을 잃는 고양이들을 줄인다. 중성화 수술을 받은 고양이는 귀 끝을 V자형으로 잘라서 표시한다.

들어가,
들어가는 거야, 포!

현명한 나는 맨손으로 길 고양이를 잡는 짓은 하지 않는다. 녀석을 잡기 위해 필요한 건…… 바로 이것!

포획기 1호(이동장).

포획기 1호(이동장) ※재현 사진입니다.

드라이 푸드로 입구까지 유인한 다음 더 맛있는 것을 안에 넣어 둔다. 녀석에게는 드라이 푸드도 감지덕지일 텐데 참치까지 들어 있으면 뛸 듯이 기뻐할 게 틀림없다.

어쩌면 '제발 저를 잡아 주세요.'라고 애원할지도 모르지. 서비스로 자기가 직접 문을 닫을 가능성도 있고.

아무리 그래도 그럴 리는 없겠지…… 뭐 어쨌든 대단한 작전이야.

완벽해! 후후후…….

길에 놓은 드라이 푸드를 맛있게 먹는 걸 보니 금방 포와 친구가 될 수 있을 것 같았다. 혹시 손에 올린 밥도 먹지 않을까? 드라이 푸드를 손에 올려서 내밀어 보았다.

촤악!

피가 났다. 강렬한 냥 펀치! 발톱이라도 깎았으면 몰라…….

스스로 긁어 부스럼을 만든 꼴이었지만 상황은 좋은 쪽으로 흘러갔다. 어느 날, 이동장 쪽으로 걸어간 포는 마침내 안으로 들어갔…다만

※재현 사진입니다.

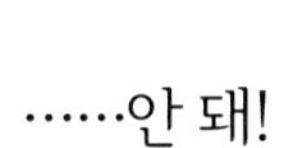

※합성으로 재현한 모습입니다.

이동장이 작아서 몸이 삐져나왔다. '냠냠', '쩝쩝' 소리가 들린다.

아아, 준비한 밥을 맛있게 먹고 있다. 먹는 건 좋은데 다 먹지는 말아 줘. 다 먹을 거면 제대로 들어가서 먹어. 으아~, 다 먹어 버렸잖아…….

결국 그냥 식사 시간이 되어 버렸다. 빵빵해진 녀석의 배. 그래 잘됐어……가 아니라! 어떻게든 붙잡아서 중성화시키겠어!

밥을 준 답례로 포가 스스로 들어와 문을 닫는 일은 절대 없을 것이라는 건 이미 알고 있다. 그래서 포획기 2호 '들어와'를 준비했다.

고양이가 안에 들어가면 용수철이 작동해서 문이 자동으로 닫히게 되어 있다. 버둥거리다 다치지 않게 철판의 절단면이나 철사같이 날카로운 쇠붙이도 잘 정리했다. 그리고 엉덩이와 꼬리가 삐져나올 것을 대비해서 두꺼운 종이로 감쌌다.

이걸로 모든 준비는 끝. 이제 '들어와'를 설치하기만 하면 되는데 어디에 둘 것이냐가 문제다. 이걸 들고 근처를 어슬렁거리면 수상한 인간이라고 대놓고 광고하는 꼴이다. 가능하면 우리 집 뒷마당처럼 지켜볼 수 있는 곳이 좋을 텐데…….

포획기 2호 '들어와'

야생의 본능 VS 나의 지략

어느 일요일, 아내와 함께 공원 앞을 지나가는데 아이들이 놀고 있는 한쪽 구석에 포가 멍하니 앉아 있었다.

있다, 있다, 있다!!

한동안 모습을 보이지 않던 포가 나타났다. 이 기회를 놓칠 순 없지!

약 100m 떨어진 집으로 급히 뛰어가서 '들어와'를 준비해 차에 실었다. 벌써 10분이 경과했다. 어쩌면 이미 떠났을지도 모른다.

포, 기다려 줘~!!

……아직 있다.

짜식, 아주 느긋하구먼……. 좋았어. 자, 이 안에 맛있는 밥이 들어 있단다. 지난번처럼 도로에 드라이 푸드를 놓고 유인 작전에 돌입했다. 비록 전에 실패하기는 했지만 녀석에게는 맛있는 밥을 먹었던 좋은 기억이 남아 있을 것이다.

하지만 길 고양이를 만만히 봐서는 안 된다. 아무리 좋은 인상을 남겼다 해도, 야생의 본능으로 위험을 감지할지도 모른다. 지금은 일단 신중히. 그래, 신중해야 한다…….

어어어?!
포, 너 정말
순진한 녀석이구나.

문이 닫히자 안심하고 밥을 먹고 있던 포도 깜짝 놀란 것 같다.

문이 닫히자 당황하는 포

미안해,
속여서 미안해…….

사로잡히다

인간의 교활한 계략에 빠져서 사로잡힌 포. 일단 케이지 안에서 생활했다.

처음 보호하기 시작했을 때 포는 상태가 별로 좋지 않았다. 얼굴이 지저분하고 계속 침을 흘리고 있었다. 수술 예약을 할 겸 병원에 데려갔더니 감기에 걸렸다고 했다. 에이즈와 백혈병은 둘 다 음성. 그나마 다행이다. 당분간 푹 쉬자꾸나.

포는 중성화 수술을 받았다. 지금까지 자유롭게 살아왔는데 힘들겠지. 같은 남자로서 내가 생각해도 오싹한 수술을 막 끝냈으니까. 중성화를 마쳤다는 표시로 귀 끝도 잘랐다.

케이지 안의 포는 애처로운 소리로 울었다. 아…, 뭐라 말할 수 없을 만큼 가엾게 들린다.

TNR이 중요하다는 것은 머리로는 알고 있지만 포에게 못할 짓을 저지른 것 같다.

미안해.

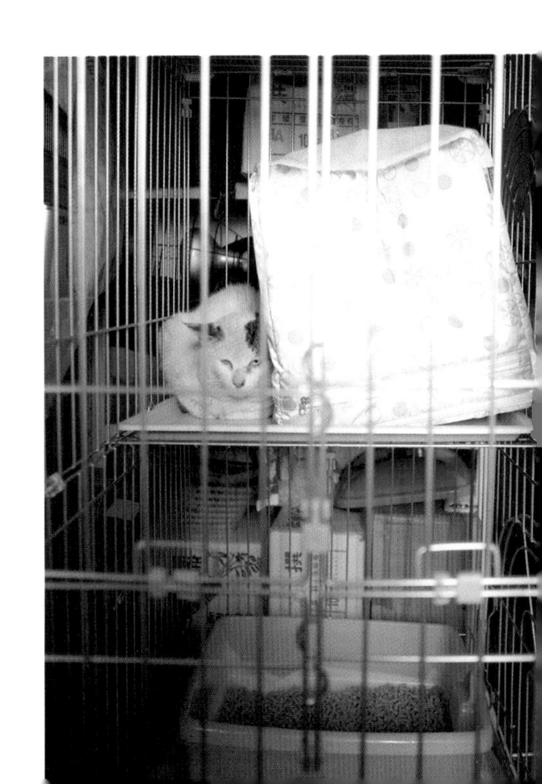

엘리자베스 1세

수술이 끝나고 포의 목에 커다란 목장식이 달렸다. 수술 부위를 핥지 못하게 하기 위한 조치다.

웃지 말아야 하는데 웃음이 난다. 크큭, 너무 귀여워. 포, 너 꼭 엘리자베스 1세 같아. ……미안, 미안. 지금 웃을 상황이 아닌데. 상처가 욱신욱신 아프지? 조금만 참아 줘.

거추장스러운 목장식 때문에 밥도 먹기 힘들고 물도 마시기 어렵다. 하지만 식욕은 왕성한 포. 목줄에는 '중성화 완료'라는 글자와 내 휴대폰 번호가 쓰여 있다. 이것은 내가 포를 평생 책임지겠다는 약속의 증표다.

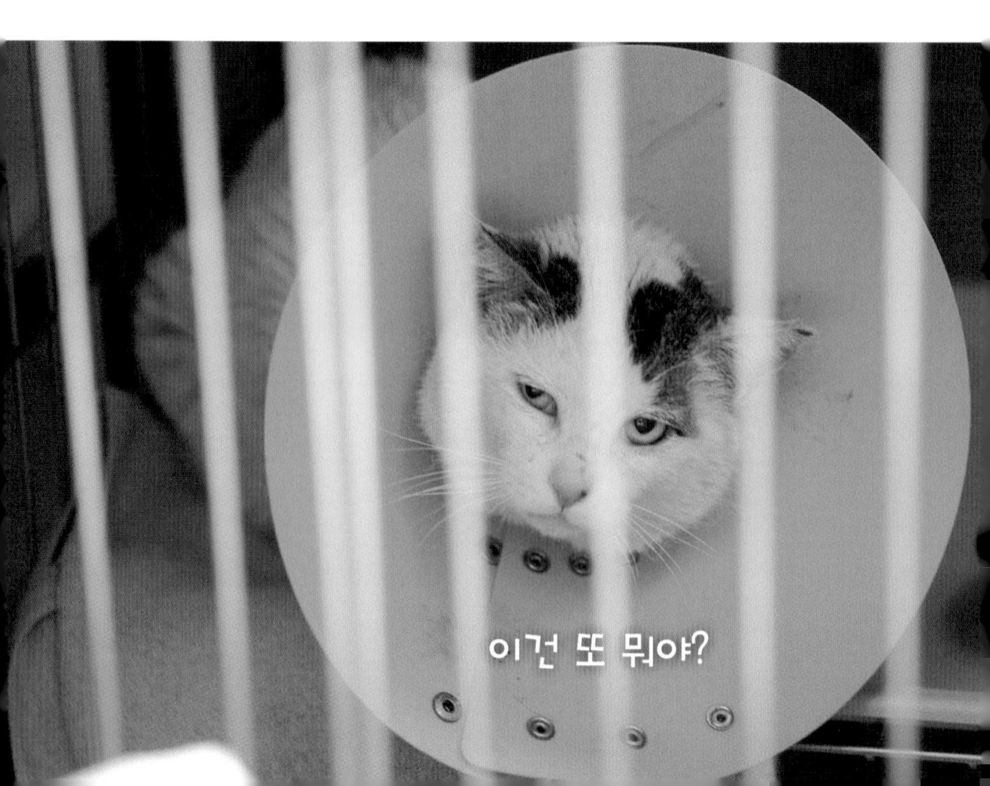

수술이 끝나고 사흘 뒤 목장식을 떼어 냈다. 포의 야성의 피가 들끓고 있었다. 이제 슬슬 풀어 줄 시기가 된 것일까?

목줄을 달고 귀 끝도 잘랐다. 상처도 다 아물었다. 좋아, 풀어 주자!

이제 포는 더 이상 길 고양이가 아니다. 오타 가문의 외출냥이로 키워야겠다고 생각했다.

수컷이니까 목줄은 초록색으로

털이 흐트러져 있는 포. 빗질해 주고 싶다.

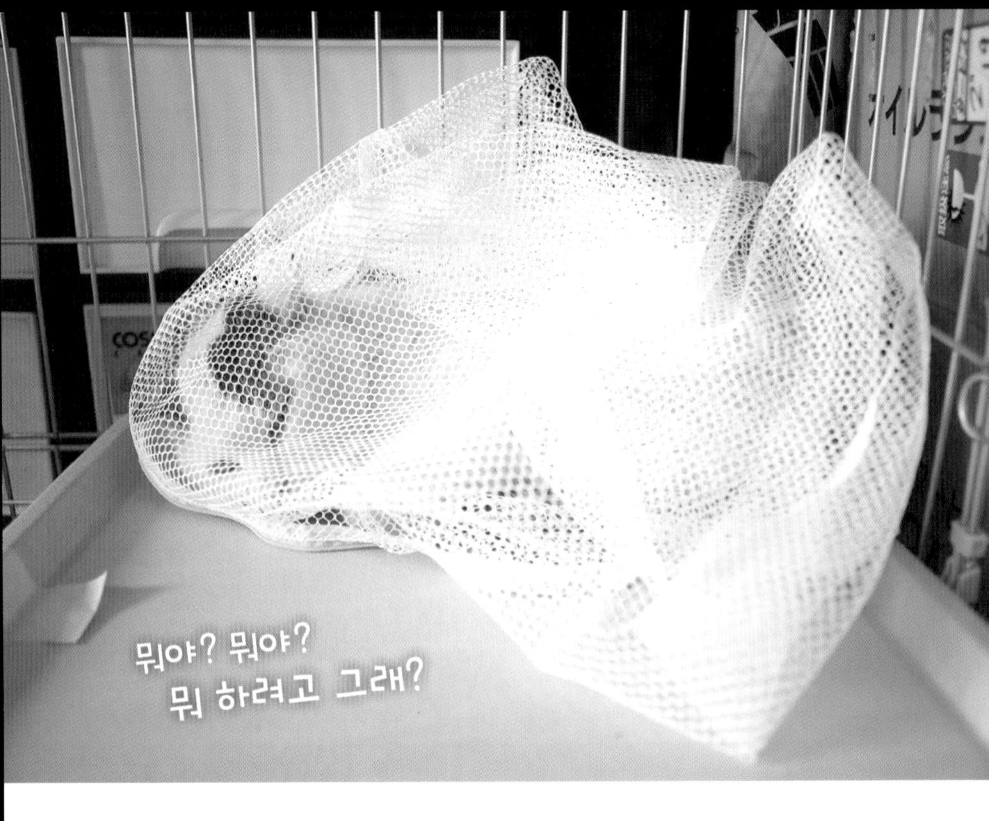

자유의 몸으로

드디어 포를 해방시켜 줄 때가 왔다.

어디서 풀어 줄까 고민했지만 역시 처음 포획했던 공원이 좋을 것 같았다.

세탁 망을 씌우고……. 녀석, 얌전하기도 하지. 착하다, 착해.

얌전히 공원에 도착.

실은 그 뒤에 세탁 망을 뒤집어쓴 채로 도망치려고 했지만(웃음).

나를 당황시킨 고양이는 네가 처음이야…….

다시 한 번 공원 벤치로 돌아가서, 지퍼를 열고, 준비 완료!

포, 어서 가! 이제 넌 자유야!!

응? 잔뜩 굳어 있네. '세탁 망을 조금만 더 벗겨 줄까' 하며 다가간 순간.

자, 괜찮아. 이제 가도 돼.

다다다!

숲 속으로 쏜살같이 달려가 버렸다. 사진 찍으려고 했는데 실패했네.
어찌나 재빠르던지.
언제든지 밥 먹으러 오렴.

"미안하지만 됐다냥."

포는 이 말을 남긴 채 사라졌다.(정말?)
포~.

재회

후다닥 도망치던 포, 어찌나 귀엽던지.

언젠가 또 만날 수 있겠지……라고 생각했는데 바로 그 날 저녁, 내 방 창문 밑을 지나가고 있었다(웃음).

카메라를 들고 밖으로 뛰어나가, 유유히 걷고 있는 포의 뒤에서 말을 걸었다.

"어이, 포!"

그 뒤로도 몇 번이나 나타났다가 도망치는 포.

포, 배고파? 여긴 항상 밥을 챙겨 주는 마음씨 좋은 할머니네 집이구나. 어지간히 배가 고팠는지 내가 가까이 다가가는데도 도망치려고 하지 않는다.

그래그래, 많이 배고팠구나…….

앗!!

아내가 정성스레 만들어 준 목줄이 사라졌다! 어디에 떨어뜨린 거야~, 진짜…….

우리 이젠 아는 사이지?

어영부영하는 사이에 포는 할머니께 밥을 받았다. 많이 먹으렴.

그런 다음 내 쪽을 째려보고는 자리를 떴다. 이 무렵부터 내가 부르면 뒤를 돌아보게 되었다. 자기 이름인지도 모르면서(웃음).

어이!

포!!

아니,
그냥 한번
불러 봤어…….

죄, 죄송합니다…….

친절한 할머니네 집에서
가만히 앉아 밥을 기다리는 포

비슷한데 뭔가 다르다!

※미요코사마(오른쪽)는 중성화 수술 완료

오늘 밤에도 포와 미요코사마는 끼니를 챙겨 주는 상냥한 할머니네 집에 와 있다.

어? 신기하네! 포는 원래 미요코사마를 무서워해서 옆에 가지도 못했는데. 미요코사마는 이 동네 터줏대감 고양이다.

다음 목표물은 바로 너!

다, 달라!!

포와 많이 닮았지만, 포보다 귀엽잖아!!

이름은 '치'라고 해야지. 둘의 사진을 놓고 비교해 보았다. 닮긴 했는데, 치는 코가 까맣고, 포가 더 꾀죄죄하네…….
둘은 분명 가족일 거야.

치가 등장해 다음 목표를 그 아이로 정했다. 치가 신세를 지고 있는 마음씨 좋은 할머니께 허락받고 포획기를 설치했다. 한 시간 뒤에 가 봤더니 잡아야 할 치는 없고 포가 와 있었다.

포, 네가 아니야!!

큰일 났다. 이대로라면 포가 들어가 버릴 거야. 저기, 이제 너하고는 볼일 없는 상자거든? 이미 한번 뜨거운 맛을 봤는데 설마 다시 들어가지는 않겠지. 아니야, 이 녀석이라면 또 몰라(뭐가)…….

포, 넌 들어가지 마~.

빨리 밥을 먹인 다음에 여기서 내보내야지. 포는 말린 생선이 들어간 고급 드라이 푸드를 날름 해치우고는 만족스러워하며 사라졌다.

드디어 치 포획 작전이 재개되었다. 한 시간쯤 지나 날이 완전히 저물었을 무렵, 살펴보러 갔더니 입구가 닫혀 있다!

아싸, 들어갔다!

안을 들여다보았다. 어두워서 잘 모르겠지만, 치가 있는 것 같다. 근처의 착한 아주머니네 집에 데려가서 손전등으로 비춰 보았더니…….

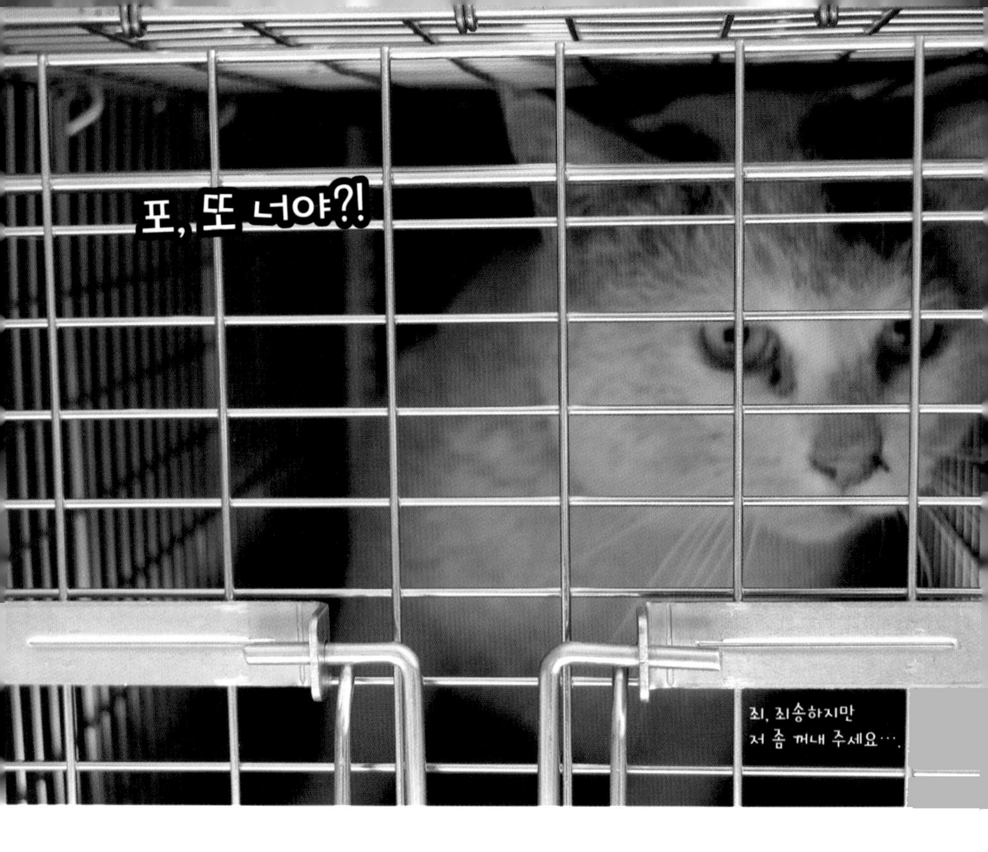

좀처럼 잡히지 않고…

안에 들어 있는 녀석은 또 포였다. 이제 넌 자유라니까. 일부러 케이지에 들어오지 않아도 되고 내가 무서우면 굳이 옆에 오지 않아도 돼.

포가 방해하는 바람에 살짝 의욕을 잃은 내 앞에 든든한 아군이 나타났다. 아내가 일을 마치고 곧바로 집에 돌아온 것이다.

그런데 치가 포획기로 다가오고 있는 순간 아내가 자동차로 그 옆을 지나치자 놀란 녀석이 도망쳤다.

나는 다시 한 번 의욕을 잃었다.

죄송합니다.
앞으로 안 그럴게요…….

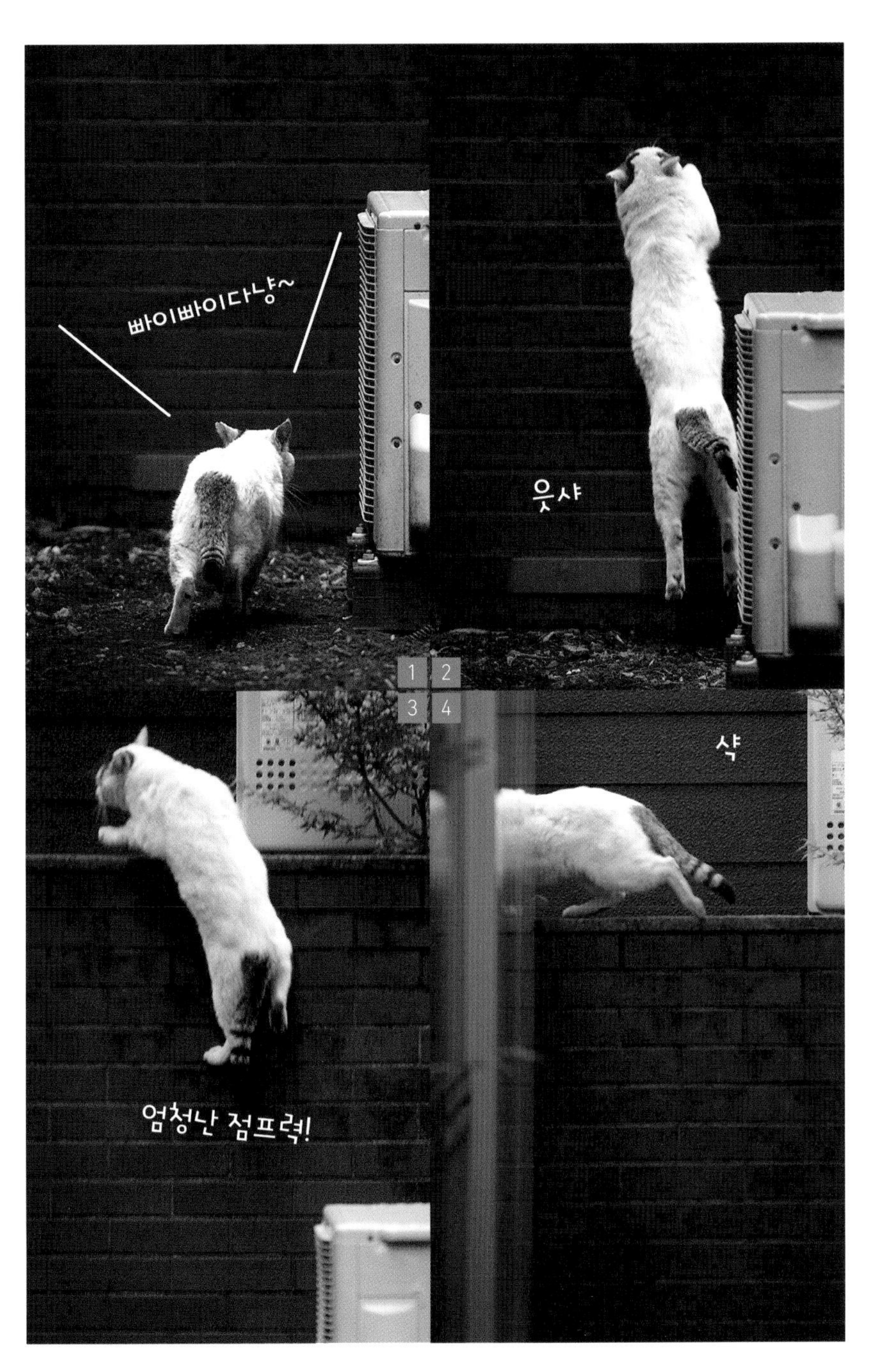
빠이빠이다냥~
웃샤
1
2
3
4
샥
엄청난 점프력!

미리 밥을 잔뜩 줬는데도 또다시 잡혀 버린 황당한 상황…… (웃음).

이번에야말로 잡고 말겠어

포가 잡힌 걸 봤으면
경계할까 걱정했는데 또 왔다.
이번엔 틀림없이 치다.
'들어와'에 관심이 있나 보다.
여보, 너무 가깝다고!!
그렇게 가까이 있으면
들어갈 리가 없…….

밥을 먹으러 왔다가 자전거
뒤에 숨어 나를 경계하는 포

夜廻り猫 296

밤을 걷는 고양이

Scene 2

동네에서 제일 약한 고양이 포

너는 어떤 고양이에게도 싸움을 걸지 않았어.
다른 길 고양이와 비교해도 털이 지저분했지.
편안히 앉아 털을 고를 겨를이 없었나?
누가 뭐래도 우리 동네에서 제일 약한 고양이니까 말이야.

많이 다치기도 했는데, 등에 난 커다란 상처가 가장 심했지.
정말 아팠을 거야.
그런 일이 자주 있다 보니까 네가 행방불명되면 얼마나 걱정했는지 몰라.
몇 번이나 밖으로 나가서 여기저기 찾아보곤 했어.

태풍이 몰아치는 날에도, 눈이 내리는 날에도 네 걱정을 했어.
'포는 지금 어디 있을까?'라고.

포는 우리 집을 식당으로 여기는 것 같습니다(웃음)

의리의 포

포의 얼굴에 상처가 났다. 다른 고양이와 싸우기라도 한 걸까? 죽기 살기로 싸우지 않아도 될 텐데……. 인간의 논리로 설명해도 이해할 리 없겠지. 포도, 상대방도 많이 다치지 않기를 바랄 뿐이다.

포는 나를 무서워하는 것 같은데, 아내는 꽤 가까이 다가가도 괜찮은 모양이다. 벼룩이나 진드기를 퇴치하는 약을 뿌릴 수 있게 되면 얼마나 좋을까. 목줄도 해 주고 싶은데.

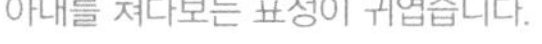

아내를 쳐다보는 표정이 귀엽습니다.

포!

"네?"

포는 배가 빵빵해지면 어딘가로 다시 사라져 버린다.

이름을 부르면 반드시 뒤돌아보는, 의리의 고양이 포. 우리 가족이 많은 고양이를 다 돌봐 줄 수는 없지만, 너는 온 힘을 다해 지켜 줄게. 이곳에서 함께 살아가자꾸나.

다음에 또 와…….

야외 식당

우리 집을 식당으로 여기는지 매일 한두 번씩 나타나기 시작한 포. 녀석이 조금이라도 쾌적하게 식사할 수 있도록 야외 식당을 만들어 보았다.

좀 엉성하지만 내 실력으로는 이게 최선이다, 미안. 하지만 포는 너그러운 마음으로 식당을 이용해 주었다. 고마워, 포. 너는 좋은 녀석이야.

며칠이 지난 뒤, 처음에 자주 오던 야외 식당을 어느새 잊었는지 우리 집 현관에서 묵묵히 밥을 먹고 있는 포를 목격했다.

포가 밥을 먹으러 와서 아내가 문을 열자,

자세는 엉거주춤하지만 화가 나 있습니다.

"캬아!"

포는 남자인 나를 대할 때는 흠칫흠칫하지만 아내에게는 강하게 나온다. '너, 너 따위는 전혀 무섭지 않거든.', '빨리 밥 내놔!'라고 시위하는 것 같다.

오늘은 아주 기분 좋은 날

어느 날 우리 집 근처로 누군가 이사 왔다. 정중하게 인사하러 오셨길래 두세 마디 이야기를 나누고 있던 차에 때마침 포가 왔다.

굿 타이밍! 잘했어, 포!

이때다 싶어서 새로운 이웃에게 포를 소개하고 '모쪼록 잘 부탁드립니다.'라고 말하니 '저희도 고양이를 키우고 있어요.'라고 대답한다. 고양이 이야기가 나와서 바로 마음을 열 수 있어서 기뻤다.

딱히 TNR 활동을 도와주었으면 하는 마음이 아니라, 고양이에게 너그러운 동네가 되기를 바랄 뿐. 길 고양이를 잘 아는 사람이 있다는 것만으로도 안심이 되고 행복한 기분이 든다.

오늘은 아주 기분 좋은 날이었다. 잘됐다, 포.

그 뒤로도 포는 우리 집 마당에 나타나 툇마루에서 당당히 밥을 먹게 되었다.

우리 집에서 기르고 있는 토라와 마루도 포에게 관심 집중이네.

마루
토라

대선배 미요코사마

포와 함께 우리 집으로 밥을 먹으러 오는 녀석이 있다. 대선배 미요코사마. 나이는 열 살이 넘었고 어쩌면 이곳에 나보다 더 오래 살았을지도 모른다.

그녀는 이 동네 모든 고양이가 우러러보는 존재다. 물론 나도. 예전에는 치와 함께 움직였지만 현재 그녀는 단독 행동을 취하고 있다.

미요코사마가 식사 중일 때는, 포는 밥을 먹을 수 없다. 식사가 끝나기를 뒤에서 조용히 기다리고 있다.

위쪽의 사진을 보자. 포는 어디 있을까? (웃음)

포가 너무 가까이 다가가면
미요코사마가 화를 냅니다.

미요코사마가 식사하는 모습을 뒤에서 가만히 지켜보고 있다. 아아, 포. 너를 보고 있으면 나도 모르게 슬퍼져.

미요코사마가 일단 식사를 마쳤기 때문에, 포가 '이번엔 내 차례다!'라며 조금씩 앞으로 나왔다. 하지만…….

미요코사마가 식사를 다 마치고도 움직이지 않자 포는 좀처럼 밥을 먹을 수가 없었다.

이 날은 비까지 내렸다. 포는 비를 맞으며 미요코사마가 떠나기를 하염없이 기다리고 있었다.(미요코사마는 자전거 커버 밑에 있어서 젖지 않았다.)

이제 이렇게 할 수밖에 없네요.
그릇도 두 개나 필요하고, 귀찮긴 하지만요.

그래, 역시 포는 귀여워. 맛있어? 많이 먹어.

이웃집 고양이 고쿠는 성격이 밝고 누구에게나 친근하다.

고쿠

하나짱

비가 많이 내리던
날, 포가 온 줄 알고
문을 열어 보았더니,
어라? 처음 보는
녀석이다!

꽤 가까이 다가가도
도망치지 않는다.
배가 고픈 건가?

알았어. 옳지, 옳지. 실컷
먹고 가. 코에 무늬가
있으니까 하나짱(역주:
하나는 '코'라는
뜻이다.)이라고 이름
지어야지.

다 먹고 나자 뒤쪽을
신경 쓰기 시작했다.
갑자기 왜 그래?

하나짱이 무서워서 다가가지 못하는 포

포!

또다시 비를 맞으며 이쪽을 보고 있는 포……. 너 진짜 겁쟁이구나. 그런 네 모습 그대로도 괜찮아. 싸우지 않으면 다치지도 않을 테고 병도 옮지 않을 거야. 네 몫은 충분히 남아 있으니 걱정 마.

이 사진은 그나마 많이 나은 상태

포의 상처

어느 날 포의 왼쪽 뒷발에 상처가 나 있는 걸 발견했다. 털이 벗겨지고 맨살이 보인다. 발을 끌지 않는 걸 보니 괜찮은 것 같기는 한데, 무슨 일이 있었던 걸까?

혹독한 겨울을 맞이할 포를 위해 고양이 하우스를 준비했지만 들어가려 하질 않는다. 어딘가 불편한 걸까? 벽장 수납 케이스를 개조해서 안에 스티로폼을 집어넣은 완벽한 콘도(포 하우스)인데…….

그런데 설날에 먹은 염장 연어가 들어 있던 스티로폼 안에는 들어갔다. 조금 진보했네(웃음).

그 후 포는 스티로폼 침대가
꽤 마음에 들었는지 자주
이용했습니다.

고양이 하우스를 만들었는데(자전거 커버 속), 무서워서 들어가지 않는다.

시마지로

우리 집에는 매일 포 · 미요코사마 · 치 · 하나짱, 이 네 마리의 고양이가 서로 교대하듯 줄줄이 찾아오기 시작했다. 녀석들 밥을 챙기는 것은 힘들지만 성격도, 생김새도 다른 고양이들을 지켜보는 일은 즐겁다.

두둥!

오늘도 어김없이 뒷마당을 방문한 미요코사마……. 어라? 아니네. 지금껏 본 적 없는 녀석인데. 넌 누구냐?

"나다……."

모르거든!
"어서 밥을 차리거라."
뭐지, 이 박력은…… 으읏, 알겠습니다.

저기……
천천히 드세요.
어디서 온
녀석일까? 예전에
어디선가 본 것
같기도 한데
목줄이 없는 걸
보니 길 고양이인
모양이군.

'시마지로'라고
불러야지.
나중에
시마지로에게도
TNR을
실시했는데 잠시
동안 모습을
보이지 않았다.

화가 난 포

"미야아오~!!"

"캬아아앗!!"

고양이 울음소리가 요란하게 들려서 '무슨 일이지?' 싶어 창밖을 봤더니 웬일로 포가 상대를 위협하고 있다. 상대는 하나짱.

하나짱은 전혀 관심도 없는 느낌. 포 따위 신경 쓰지 않고, 폴짝.

"미야오……."
포의 울음소리가
점점 작아지더니
마지막에는 침묵.
이런, 이런. 포의
참패였다.

'포'라고 부르면 바로 돌아본다. 이 무렵부터 자기가 포라는 사실을 아는 것 같다.

"읏차. 밥이나 한번 먹어 볼까?"

우리 집 고양이, 시로가 쳐다보는 것이
신경 쓰이는 포. 하지만 밥은 먹고 싶다…….

가엾고 연약한 고양이

최근에 살집이 오른 포. 밥을 너무 많이 준다는 건 알고 있지만, 추운 날이 아직 조금 더 이어진다는데 굶는다면 불쌍할 것 같아서 양을 줄일 수가 없다. 그것보다도 더 신경이 쓰이는 건, 포의 연약한 모습.

포가 먹으려고 하자 시로가 위협.

겁먹은 포(웃음)

유리창 너머의 시로가 무서워서 먹지 못한다. 가여운 포.

방금 전에도 고양이가 싸우는 소리를 들었는데 조금 멀리 있어서 자세한 상황은 모르고 있던 차에 포가 도망쳐 왔다.

또 졌구나…….

창 너머의 시로가 무서워서 못 먹는다.

그 후, '싯포마루'라고 이름 지은 길 고양이에게 TNR을 실시했다. 녀석은 바로 돌아왔다. 밥을 얻어먹을 곳이 거의 없는 거겠지. 밥도 죽기 살기로 먹는다. 우리 집에 오는 건 상관없지만 포를 자주 괴롭히기 때문에 포가 찾아오는 횟수가 줄었다. 포는 이 근방에서 제일 약한 고양이다.

녀석이 돌아왔다

싯포마루가 괴롭히는 바람에 방문이 뜸했던 포가 오랜만에 모습을 보였다.

"캬아"(비실비실)

그게 뭐야(웃음).

어쨌든 '의례적으로'라도 가냘프게 "캬아" 소리를 내고 있는 포를 보니, 허리 주변의 털이 빠져서 맨살이 그대로 보인다.

싸움에서 진 모양이네. 털만 뽑혔을 뿐 다치진 않은 것 같은데……. 앗,

허리 주변의 털이 빠져서 맨살이…….

?

하필이면 이 타이밍에…

녀석이, 드디어 돌아왔다…….

"이 몸이 밥을 먹으러 왔노라."

시마지로, 미안하지만 너에게는 밥을 줄 수 없어. 우리 집에서 조금 떨어진 곳을 네 영역으로 삼은 걸 봤어. 거기서도 밥을 얻어먹고 있겠지. 네가 싸움도 잘하고, 고양이들을 챙겨 주시는 이웃 할머니네 집에서 미요코사마를 쫓아낸 것도 알아.

무엇보다도 너, 요즘 들어 포를 너무 괴롭혀. 네가 오면 포가 도저히 밥을 먹을 수 없으니 넌 다른 곳에서 먹지 않을래?

미안하다, 시마지로…….

"밥……."

싸움을 싫어하는 것일 뿐

자기를 괴롭히던 시마지로가 사라지자 다시 자주 얼굴을 내밀게 된 포. 난 알아. 너는 약한 게 아니야. 싸움을 싫어하는 것일 뿐이지.

넌 선배나 암컷에게 다정다감해. 미요코사마가 다 먹을 때까지 절대 방해하지 않지.

하지만 이 날은 기다릴 수 없었는지 내가 평상에 준비해 둔 다른 밥그릇 쪽으로 이동했다.

"저기……. 이쪽에서 먹으면 미요코사마에게 방해되지 않겠지?"

평소라면 기다리고 있었을 텐데, 오늘은 엄청 배가 고픈가 보구나.

"이쪽에서 먹으면 미요코사마에게 방해되지 않겠지?"

산 넘어 산

오늘 아침, 찢어지는 듯한 비명 소리에 눈을 떴다. 이미 일어나 있던 아내는 자초지종을 목격했다고 한다. 싯포마루가 밥을 먹으러 온 포에게 덤벼들었다. 포는 밥도 못 먹고 꽁지 빠지게 달아나 버렸다.

밖으로 뛰어나가자 싯포마루를 발견

포가 영역을 바꿔서 어딘가로 사라지는 것만은 피하고 싶은데……. 겨우 다시 오기 시작했는데.

그러고 나서 사흘 정도 모습을 보이지 않았던 포. 걱정하고 있었는데 드디어 나타났다. 정말 잘 왔어.

그리고 뜰에서 포를 발견

밥 잘 먹네. 오늘은 더워서 목도 마를 거야. 어디 불편한 곳도 없어 보이고 다치지도 않았구나. 포가 먹는 동안 나는 보초를 서고 있었다. 그런데도 감사하다는 말 한마디 없이 사라지는 포(웃음).

이런, 이런··· 또 당한 거야?

섣달그믐의 수난

섣달그믐날 아침 6시에 포의 비명 소리가 들렸다. 벌떡 일어나서 밖으로 나가 보았더니 아무도 없다.

15분쯤 지나서 창문에 포의 모습이 보이길래 카메라를 들고 나갔다. 밖은 아직 어두웠고 방의 불빛에 비친 포가 있었다. 얼굴도, 몸도 지저분하고 털이 일어나 있다. 가만, 털이 뽑혔구나…….

이런……. 또 싯포마루에게 당한 건가? 밥이라도 많이 먹고 기운 내.

밥 먹고 기운 내!

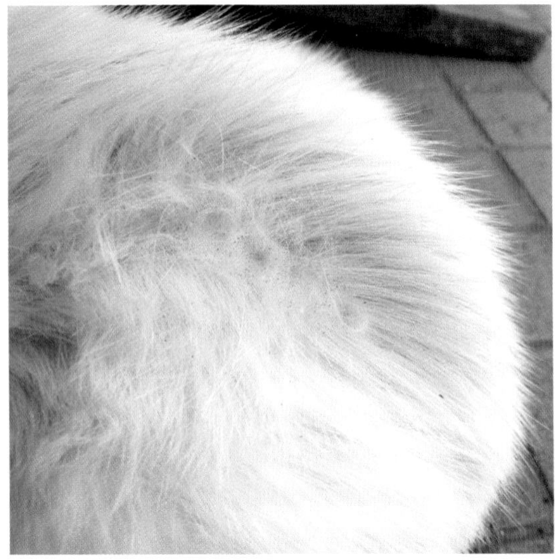

비명 소리를 듣고 현장에 달려가 보니 포의 털이 떨어져 있었다.

현장에 남아 있던 것은

그로부터 얼마간의 시간이 흐른 어느 날.

"캬아아!!"

새벽녘인 오전 4시 무렵에 또다시 포의 비명 소리가 들렸다. 밖으로 뛰쳐나갔지만, 때는 이미 늦었다.

현장에는 포의 털이 떨어져 있었다. 또 싯포마루에게 당한 건가…….

언제나 일방적으로 당하기만 하는 포. 이건 도저히 싸움이라고 할 수 없다.

등부터 엉덩이에 걸쳐 털이 뽑혀 있다. 싯포마루가 도망치는 포를 뒤쫓아서 털을 쥐어뜯은 모양이다.

피부에는 상처가 없는 걸 보니 싯포마루는 이걸 그저 놀이로 생각하고 있는 것 같은데…….

하지만 포의 비명 소리가 심상치 않았단 말이지……. 난감하네.

이곳이 포의 지정석. 여기 있으면 안심이 되나?

행복

우리 집에서 밥을 먹는 동안 포는 조금씩 몸을 만져도 싫어하지 않게 되었다.

하지만 배를 쓰다듬어 주고 싶어도 좀처럼 배를 뒤집지 않는다. '여전히 경계하고 있구나…….'라고 생각했는데 어찌 된 일인지 몸을 살짝 옆으로 누이더니 배를 만지게 해 줬다. 아… 행복해.

얼마 지나지 않아 배를 촬영하는 데도 성공했다. 포의 '배 뒤집기'다. 토실토실하고 행복해 보이네. 하지만 너도 너 나름의 고충이 있겠지. 사람도, 고양이도 모두 열심히 살아가고 있구나.

고양이 세계도 힘들겠다.

우리 집 앞에서 기분 좋게 자고 있는 포. 점점 안심이 되나 보다.

그리고……. 무척 평온한 표정도 짓기 시작했다.

기분 좋게 자고 있는 포

앞으로도 계속
함께하자. 포,
혹시 괜찮으면
우리 집 고양이가
되지 않을래?

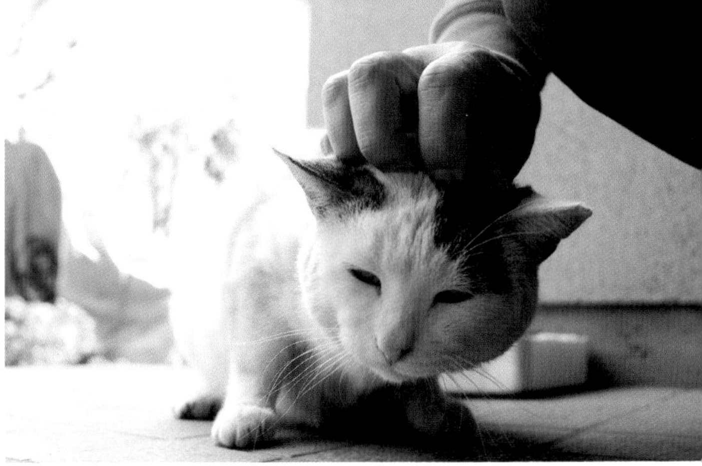

처음 만났을 때와 표정이 다릅니다.

냐아~!

Scene 3 집 고양이가 된 포

있잖아, 포.
진정한 자유란 뭘까?
우린 어떤 순간에 행복을 느낄까?

어디에도 구속되기 싫어하는 고양이에게
안정되고 안전한 생활과 맞바꿔서 자유를 빼앗긴 삶이
행복이라고 말할 수 있을까?

너의 행복을 우리가 멋대로 정해 버린 건 아닐까?

가슴에 '멍울'이!?

어느 날 평소처럼 포의 배를 쓰다듬고 있다가 가슴 근처에 멍울이 있는 것을 발견했다. 무척 걱정이 되어 병원에 데리고 가기로 했다.

포를 붙잡는 것은 3년 전의 중성화 수술 이래 처음. 요 근래 2년가량은 우리 집 근처에서 지냈고, 1년 전쯤부터 마당에 설치한 〈포 하우스〉에 살기 시작하면서 밥도 거의 우리 집에서 먹었다.

요즘 어쩐지 기운이 없어 보였다. 그냥 기분 탓이라면 좋으련만……. 설마 유방염? 수컷도 종종 걸린다고 한다.

오랜만이니까 이것저것 검사를 받아 봐야지. 싫겠지만 조금만 참아…….

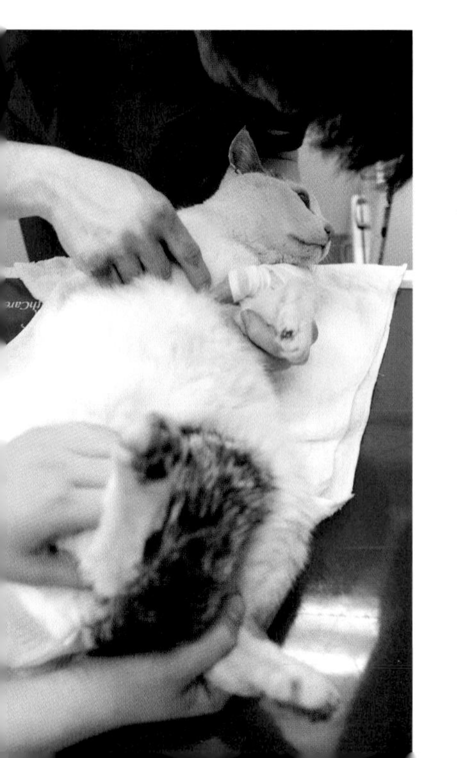

병도 걱정이지만 이대로 밖에서 괴롭힘을 당하다가는 떠날지도 모른다.

포가 우리 집에 익숙해지기도 했으니 검사를 받은 뒤에는 집 안에서 기르기로 했다.

싫어하는 포를 어르고 달래서 검사를 받았다……. 어라, 가슴에 있던 멍울을 아무리 찾아도 없다. 아니, 분명히 있었는데……. 하지만 선생님은 "역시 없네요."라고 말했다.

휴, 다행이다.

모처럼 병원에 온 김에 기생충, 혈액, 소변 검사를 받고 마이크로칩도 삽입했다. 이제 이걸로 '우리 집 포'가 되었다. 간 수치가 높지만 일시적인 현상일지도 모른다는 것뿐(흥분하면 올라간다), 그 외에는 건강하다. 이번에 조금 호들갑을 피우긴 했지만 아무 일도 없어서 다행이다. 앞으로도 계속 너와 함께할 수 있겠구나.

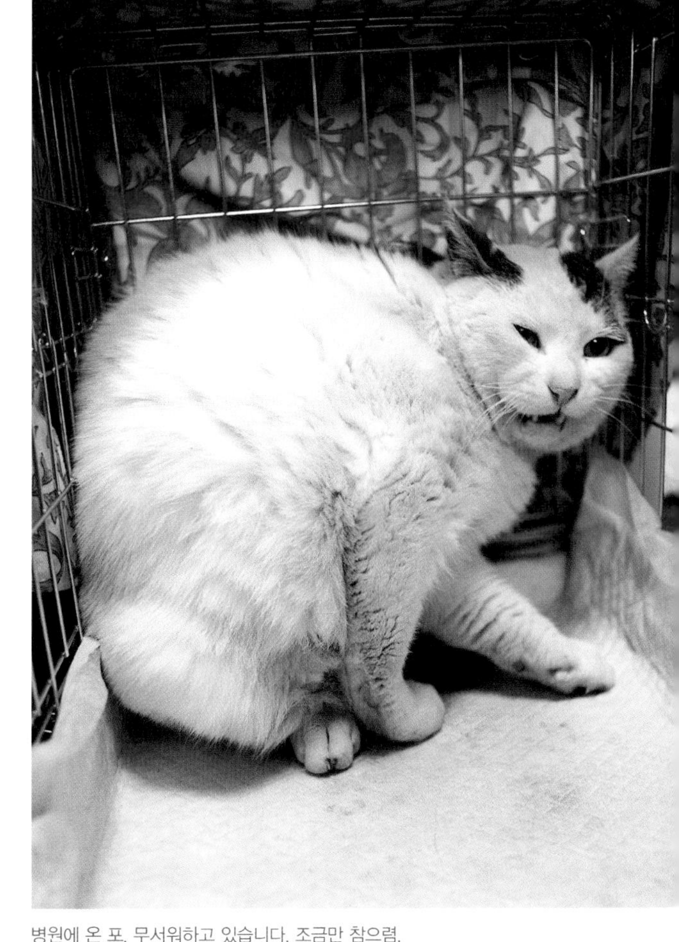

병원에 온 포. 무서워하고 있습니다. 조금만 참으렴.

처음으로 무릎 위에 앉았습니다. 한동안 얌전히 있었습니다. 이제부터 사이가 좋아질 거랍니다.

우리 집 포

포가 우리 집 고양이가 된 지 한 달이 지났다. 나를 아직도 조금 무서워하는 것 같다.

그렇게 사이가 좋았건만 사흘 정도 집을 비웠더니 모르는 사람으로 되돌아가 버렸다. 요 이틀 아내와 함께 자고 있다고 한다.

으아아!
분하다아아아아!

꼭 포 옆에서 자고 말겠어!

집 고양이가 된 뒤 두 달이 더 지나자 여전히 밖에 나가고 싶어서 야옹야옹 울기는 하지만 편안히 자게 되었다.

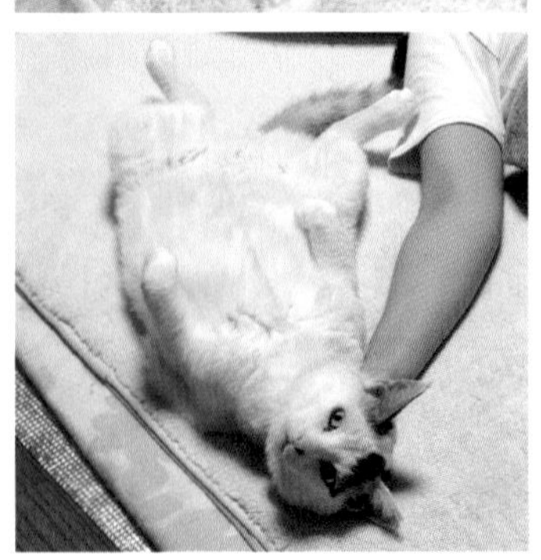

편안히 자는 포

우리 집 제일 약한 고양이

포는 동네에서 제일 약한 길 고양이였다. 심하게 괴롭힘을 당해서 보호했는데 이젠 우리 집에서도 제일 만만한 고양이로 찍혔다. 이것 참.

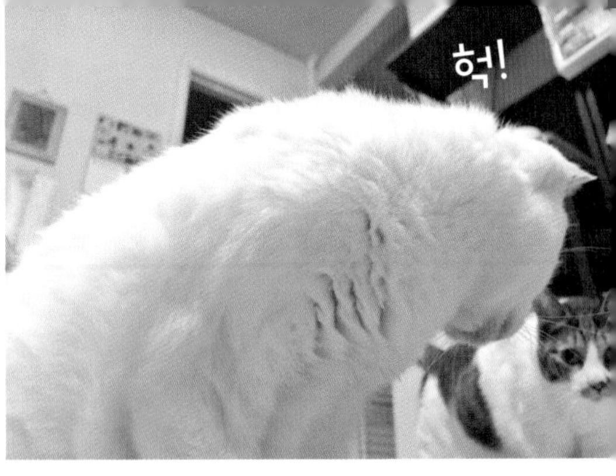

토라가 뒤쪽에 있어서 편히 쉴 수 없는 포

토라와 마루, 시로라는 암컷 무리 안에서 유일한 수컷 고양이라는 것도 하나의 이유일지 모르겠지만, 기존에 살고 있던 세 마리의 고양이는 포를 '이질적인 것'으로 받아들인 모양이다.

아무튼 포는 기가 약해서 가령 누가 자기 냄새를 맡기만 해도 과잉 반응을 보이며 도망친다.

토라가 몰아붙이는 바람에
달아날 곳이 없어졌다.

인간과 있을 때 가장 편하다옹.

길 고양이 시절의 기억 때문인지 자기를 괴롭히는 거라고 생각한다.

도망치면 뒤쫓고 싶은 법. 토라는 바로 쫓아가기 시작한다. 술래잡기 놀이가 점점 심해져서 등을 물고 늘어지고(전력을 다하는 건 아니지만) 털을 잡아 뽑기도 한다.

긴급 피난처는 내 다리 밑

코가 줄줄. 심하게 감기에 걸린 포.

포, 아프지 마

시로가 발치로 면역력이 떨어져 감기에 걸렸다. 그것을 발단으로 우리 집의 모든 고양이가 감기에 걸려 버렸다.

그중에서도 제일 아파 보이는 녀석이 포. 식욕이 없어서 거의 움직이지 않고 골골대는 소리만 낸다. 몸무게도 훌쩍 줄어서 5.3kg. 이런 일은 처음이라서 걱정이다.

검사 결과, 신장 수치가 좋지 않다고 판명이 났다. 감기는 나았지만 피하수액을 계속 놔 줘야 할 만큼 건강이 나빠져 있었다. 미리 눈치 채지 못해서 미안해.

포, 힘내자. 상태가 조금이라도 좋아질 수 있도록.

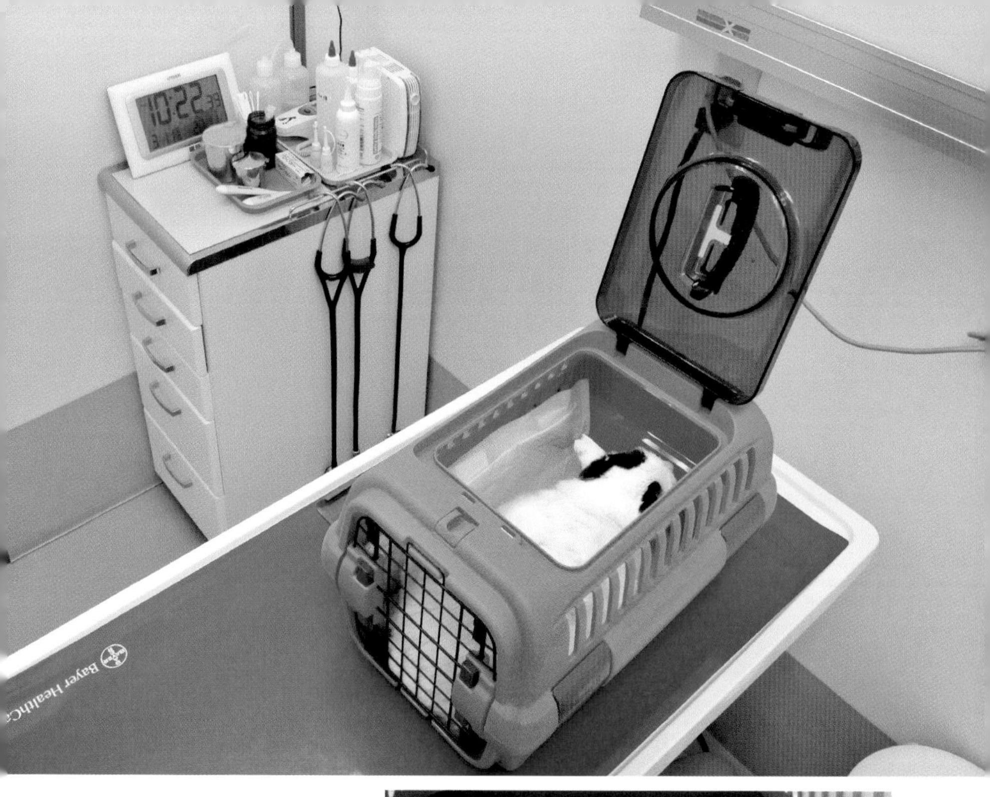

포는 일주일에 두 번씩 수액을 맞으면서 조금씩 컨디션을 회복하기 시작했지만 제일 약한 고양이라는 사실은 여전히 변함없다.

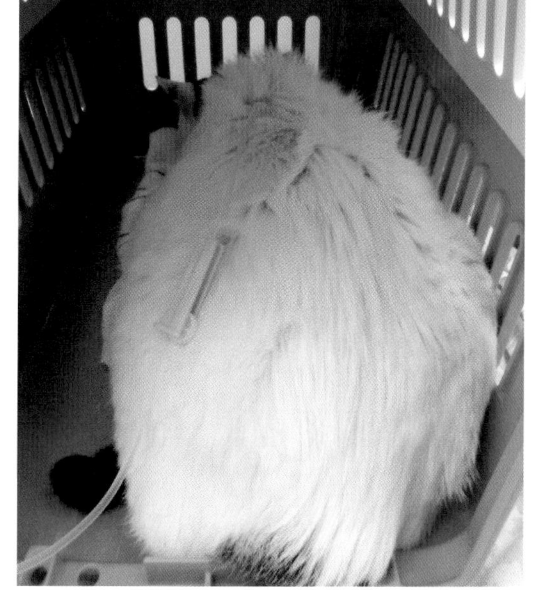

병원에 가서
링거를
맞았습니다.

"등 뒤에서 조여 오는 이 압박감…….
마음속에서 경보음이 울리고 있다……."

토라와 포

토라는 포를 아주 싫어하는 것 같다. 때때로 달려들어서 등을 물고 털을 쥐어뜯는다. 포도 토라를 싫어하겠지… 라고 생각했는데 포는 토라가 자고 있으면 살짝 다가가서

토라가 킁킁거리며 냄새를 맡고 있다.

"이 다음에는 등을 물고 늘어지겠지. 늘 도망칠 준비를 해 둬야 해……."

"휴. 사, 살았다……."

슬쩍 토라에게 붙은 포.

몸을 찰싹 붙이고 잔다. 하여간 남자들이란!(웃음)

그러고 보니 길 고양이 시절에도 별 생각 없이 미요코사마에게 다가가다 혼쭐이 나곤 했었지…….

사진은 포의 등 뒤로 토라가 슬며시 나타났을 때의 모습. 웬일인지 이때 토라는 포에게 덤벼들지 않았다. 사진을 찍고 있는 나도 순간 긴장했다.

힘내, 포!

그러던 어느 날!

포는 토라가 무섭긴 해도 무척 좋은가 보다. 이날 토라는 포가 옆에 왔다는 걸 알았지만 해코지하지 않았다. 포, 너 행복해 보인다. 우리 집 냥이들이 포를 이대로 받아들여 준다면 집에 평화가 찾아올 텐데. 일단 그 첫발을 내디딘 것이겠지.

토라가 좋아하는 같은 집 식구는 마루뿐이다. 좀처럼 다른 고양이를 핥지 않는 토라가 웬일로 포의 털을 골라 주고 있었다. 힘내, 포!

어느새 토라, 마루와 함께 자게 된 포. 정말 잘됐다. 고양이 세계에서 상대를 받아들이는 건 쉬운 일이 아니라고 생각한다. 집 안에 들이는 것도

토라, 마루와 함께 자게 된 포

신중하게 결정하긴
했지만, 포뿐만
아니라 토라와 마루,
시로에게도
스트레스를 받게 해
늘 미안했다.
　고양이를
보호한다는 것도
인간의 이기심.
고양이는 보호받을지
말지 스스로 선택할
수 없다. 그렇기
때문에 우리는 그들을
정성을 다해 돌봐야만
한다.

모두가 점점 마음을……

우리 집에서 가장 약한 녀석, 포. 모두와 사이좋게 지내고 싶어도 사실 미움받고 있다. 그런데 요즘 들어서 조금씩 변하기 시작했다.

항상 덤벼들던 토라는 조금 상냥해진 것 같은 기분이 들고(웃음). 노골적으로 싫어하던 마루도 아주 조금이지만 녀석을 받아들인 것 같다.

언제나 내 무릎 위를 독점하고 있는 시로도 어쩐 일인지 포가 함께 올라와 있어도 참고 가만히 있는다.

포는 근처에 오기는 해도 늘 조심스러워하며 무릎에 올라타지는 않았는데. 나 원 참~. 어쩔 수 없네(라고 하면서 너털웃음). 점점, 모두가 마음을 열게 됐다.

포가 우리 집에 온 지도 이제 곧 3년이 다 되어 간다. 나와 아내에게 응석을 부리고, 주위 고양이들도 녀석을 받아들여, 평온한 나날을 보내게 되었다.

포가 이곳에 오면 항상 내쫓아
버리던 시로도 해코지하지 않게
되었다.

夜廻り猫 213

밤을 걷는 고양이

눈물 냄새!

엇…, 주인의

우는 아이는 없느냐~

Scene 4 새끼를 키우는 고양이 포

너는 우리 집에 찾아온 작은 생명들을 담담히 받아들였어.
아깽이들이 잘못했을 때는 따끔하게 야단쳤지만
꼭 필요할 때만 화냈지.

새끼 고양이들은 신나게 뛰어논 뒤, 네 옆에서 잠을 청하곤 했어.

너는 자식과 손자나 다름없는 대가족을 돌봤고, 다들 멋지게 독립했지.

그들은 너를 잊었을지도 몰라.
하지만 잊혀지는 기억 속에도 영원히 남는 게 있어. 네가 아이들에게 선물한 '사랑'.

그들은 너에게 듬뿍 사랑받았어. 그리고 너도 사랑받았지.

오늘도 포 아저씨가 겁 많은 새끼 고양이 마라를 핥아 주고 있습니다. 포는 대단해.

빼앗겨도 화내지 않는다.

마라와 포

포가 우리 집에 오고 나서 고양이 몇 마리를 보호하기 위해 데려왔는데, 포는 모든 아이들을 받아들이는 것 같은 느낌이 든다.

냉장고 위에서 식사하다가 마라에게 밥을 빼앗겨 버렸다. 하지만 화도 내지 않고 마라에게 양보한다.

"포 아저씨~!"

터억!

"아읔"

"어쩔 수 없지. 핥아 줄게."

"아, 거기, 거기.
아니 조금 더 오른쪽이요."

"네, 네."

하나코와 엘

포의 신장 수치가 악화되기 시작했다. 걱정이네. 몸무게도 조금 줄었다(여름을 타서 야윈 거라면 좋을 텐데……). 수액을 맞는 횟수를 늘리고 약도 먹여 봤다. 물론 요양식도 계속해서 먹였고.

포 아저씨가 아픈 것도 모르고 새끼 고양이 하나코는 매력을 한껏 발산하며 응석을 부린다.

우리 집 아저씨 둘은 하나코의 귀여움에 심장이 쿵!(아저씨 둘=포와 나)

포가 자고 있는 곳에 새끼 고양이 엘이 다가왔다. 무신경한 새끼 고양이가 옆에서 자면 커다란 스트레스다. 그 감정이 꼬리로 나타난다. 불안정하게 움직이는 포의 꼬리. 하지만 엘에게는 더없이 좋은 장난감이 된다.

온화한 포도 이쯤 되면 화를 낸다. 이미 몇 번이나 본 광경이다.

……하지만, 포의 옆에서 떨어질 기미가 없는 엘(웃음). 포는 가만히 참고 있다가 잠시 후에 도망치듯이 이동했다.

포의 뺨

아깽이들은 포 아저씨를 엄청 좋아해서 밥 먹을 때와 놀 때를 제외하곤 늘 포 옆에 찰싹 붙어 있다. 안심이 되는 거겠지. 포는 우리 집에 없어서는 안 될 고양이가 되었다. 그 뒤로 포는 집에 온 임시 보호 고양이들을 안심시켜 주는 역할을 했고, 평화로운 나날이 이어졌다.

그러던 어느 날, 포의 식욕이 떨어졌다. 얼굴을 살펴보니 오른쪽 뺨이 볼록하게 부어 있다.

병원에서 진찰을 받은 결과, 오른쪽 위에 있는 송곳니의 잇몸이 곪아 있다는 사실이 판명되었다. 발치에 필요한 마취가 신장에 부담을 주기

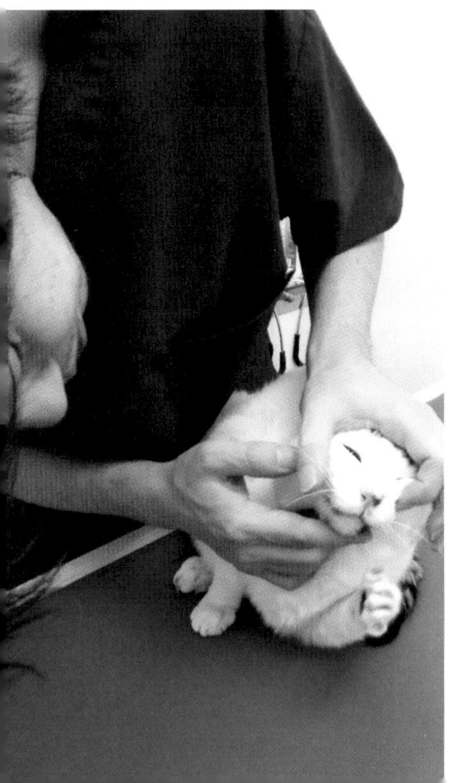

때문에 스테로이드를 투여하고 경과를 지켜보기로 했다.

그런데 약이 좀처럼 듣지 않았다. 포의 뺨은 통통 부은 채 그대로다. 식사도 조금밖에 하지 못했다. 결국 포는 발치했다. 상태가 심해져 잇몸에 고인 고름이 눈으로 나왔다. 세상에…….

발치, 그 후

피 눈물을 흘리는 포를 보고 기절할 듯 놀라서 급히 병원에 갔다. 마취의 위험을 조금이라도 줄이기 위해, 포의 다른 이빨이 비교적 튼튼하기도 해서, 두 개만 발치했다. 식욕이 조금씩 돌아오기 시작했지만 아직 많은 양을 먹지는 못한다. 홀쭉하게 야윈 포. 빨리 건강해졌으면…….

신장 상태도 더 나빠져서 매일 수액을 맞을 수밖에 없었다. 안아 주면서 수액을 놓으면 얌전히 있기 때문에 도움이 된다.

포, 수액을 맞으면 곧 나을 테니까 조금만 참아.

안아 주면 안심이 되는지
얌전히 수액을 맞습니다.

포의 상태가 점점 나빠졌다. 동공이 좁고 사나운 눈매가 포의 특징이었는데 동공이 계속 열린 채로 있다.

검사를 받은 결과, 신장 수치가 최악이라는 사실을 알게 되었다. 이제부터는 연명 치료를 하는 수밖에 없을 것 같다.

포가 언제까지 살 수 있을지는 모르겠지만, 마지막 순간까지 곁을 꿋꿋이 지켜 주고 싶다.

바깥세상이 궁금하니?

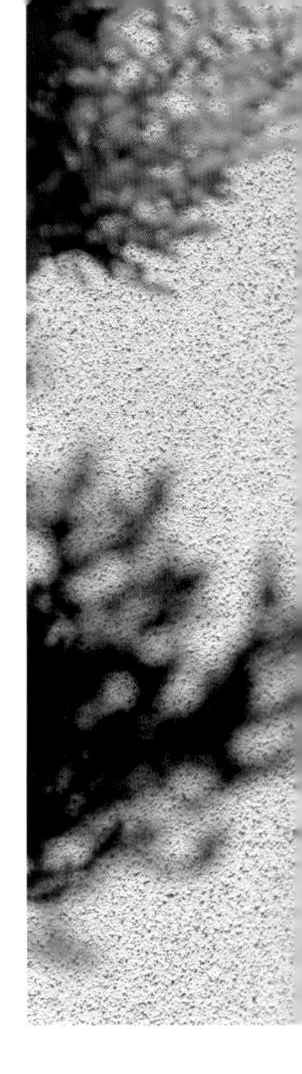

우리 집에서 몸집이 제일 컸던 포. 지금은 앙상하게 말라 버렸다. 병원에서는 회복하기 어려울 거라고 한다……. 그렇다면 적어도 고통스럽지 않게, 아프지 않게, 괴롭지 않게 마지막을 맞이하도록 해 주는 것. 이것이 한 생명을 키운 자의 의무라고 생각한다.

우리 집에 오기 전에는 밖을 자유롭게 돌아다녔던 포. 바깥세상이 그리운 걸까?

하지만 지금의 바깥세상은 완전히 변해서 예전과는 전혀 다른 모습을 하고 있다. 넓은 밭은 공사 현장으로 바뀌고, 길 고양이들을 챙겨주던 사람들은 어쩔 수 없이 떠나고, 몸을 숨기곤 하던 두 집 사이의 틈새도 없어져 버렸다.

포. 너는 그래도 바깥세상이 궁금하니?

다시 한 번 자유롭게 달리고 싶은 걸까……?

포는 내 의자가 마음에 들었는지 그 위에서 잠드는 일이 많아졌다. 물을 가까이 대 주면 가끔씩 마시기도 한다.

느릿,
느릿하게.
포는 아직
살아 있다.

코에 튜브를 끼운 포. 이미 눈이 잘 보이지 않을지도 모릅니다.

마지막까지 함께 있고 싶어

포는 여전히 힘을 내고 있다. 고형물을 먹지 못하기 때문에 코에 끼운 튜브를 통해 영양제를 넣어 주고 있다. 아직 스스로 화장실도 갈 수 있고 창가로 폴짝 뛰어오를 수도 있다.

코에 끼운 튜브 덕분에 약도 간단히 먹일 수 있어서 한결 수월하다. 그런데 몸이 힘든지 이제 이름을 불러도 별다른 반응을 보이지 않는다. 이 상태라면 이제 두 번 다시, 포가 내 배 위로 먼저 올라오는 일은 없겠구나…….

포. 우리 마지막까지 함께 있자.

포가 떠났다.

5월 5일 자정을 막 지났을 즈음 포가 내 방으로 뛰어 들어오더니 항상 사용하던 화장실에 들어갔다. 하지만 바로 나와서 책상 아래에 웅크리고 앉아 토하려 했지만 아무것도 나오지 않는다.

호흡이 거칠어지더니 2~3분 안에 움직일 수 없게 되었다. 나는 "포, 포."라고 애타게 부르며 몸을 계속 어루만졌다.

포는 내 품 안에서 숨을 거두었다.

포, 포.

"……왜?"

아니, 아무것도 아니야.
그냥 불러 보고 싶었어.

오타 야스스케
1958년 9월 23일 출생. 포토그래퍼 어시스턴트를 거쳐서 편집 프로덕션에 카메라맨으로 입사. 1991년부터 프리랜서로 전향. 일본사진가협회(IPS) 회원. 보도 카메라맨으로 보스니아 헤르체고비나와 아프가니스탄, 캄보디아, 북한 등을 촬영. 동일본대지진 후에는 원전 주변에 남겨진 가축이나 반려 동물의 사진을 찍었다.
2009년, 그저 여유롭고 자유로워 보였던 길 고양이들이 가혹한 환경에서 살고 있다는 사실에 충격을 받고 길 고양이가 더 나은 환경에서 살 수 있게끔 소소한 활동들을 하고 있다. 길 고양이의 TNR(중성화) 사업과 먹이 주기 등 누구라도 참여할 수 있는 활동을 모두에게 전하기 위해 블로그에 글을 적게 되었다. 저서로는「남겨진 동물들」「계속 기다리는 동물들」(아스카신샤)「시로사비와 맛짱」(KADOKAWA 미디어팩토리)「우리 집 토라마루」(다츠미출판) 등.

옮긴이 **이근정**
일본으로 유학을 떠나 대학원에서 경영학을 전공했다. 현재 영상물 번역 전문가로 활동하고 있다.

고마워 포

저자 오타 야스스케
역자 이근정
찍은날 2018년 4월 30일 초판 1쇄
펴낸날 2018년 5월 3일 초판 1쇄
펴낸이 홍재철
편집 이혜원
디자인 박성영
마케팅 김성수·안소영
펴낸곳 루덴스미디어(주)
주소 경기도 고양시 일산동구 무궁화로 43-55, 604호(성우사카르타워)
전화 031)912-4292 | **팩스** 031)912-4294
등록 번호 제 396-3210000251002008000001호
등록 일자 2008년 1월 2일

ISBN 979-11-88406-32-6 03810

결함이 있는 책은 구입하신 곳에서 바꾸어 드립니다.
값은 뒤표지에 있습니다.

이 도서의 국립중앙도서관 출판시도서목록(CIP)은 e-CIP홈페이지
(http://www.nl.go.kr/ecip)에서 이용하실 수 있습니다. (CIP제어번호 : CIP2018008741)

やさしいねこ
YASASHII NEKO